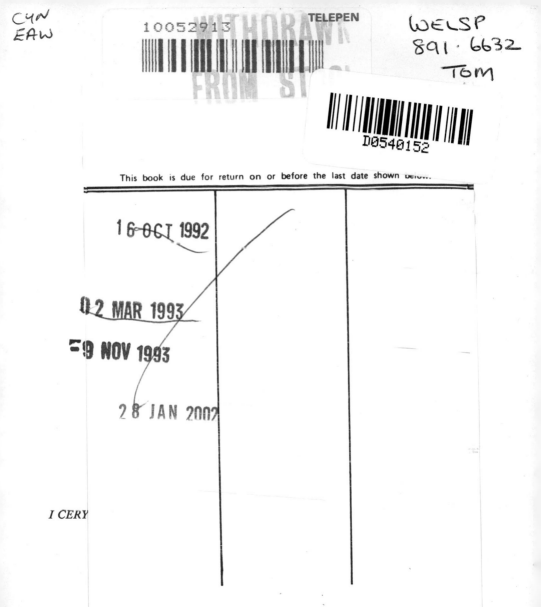

Teitlau CYFRES RWDLAN—prynwch nhw i gyd!

Argraffiad cyntaf: Gorffennaf 1986
Ail argraffiad: Ebrill 1988
ⓗ Y Lolfa 1986

Rhif Llyfr Safonol Rhyngwladol: 0 86243 115 8

Lluniau: Angharad Tomos
Gwaith lliw: Elwyn Ioan

Argraffwyd a chyhoeddwyd yng Nghymru
gan Y Lolfa Cyf., Talybont, Ceredigion SY24 5HE;
Talybont (097086) 304.

Diwrnod Golchi

Angharad Tomos

7

CYFRES
RWDLAN

Rwb, rwb, rwb. Roedd hi'n Ddiwrnod Golchi yng Ngwlad y Rwla, ac roedd Rwdlan y wrach fach wrthi'n sgwrio'n brysur.

"Rhaid i mi weithio'n galed heddiw," meddai wrth Mursen y gath.

Draw yn Tŷ'n Twll, roedd y Dewin Dwl newydd ddeffro. Doedd *o* ddim yn bwriadu gweithio'n galed o gwbl. Roedd *o* am fynd allan i chwarae gyda Rwdlan.

Ymhen pum munud, roedd
Rwdlan wedi blino'n lân.
Rhwbiai Mursen yn erbyn ei
choesau i geisio ei chysuro,
"Pr . . . pr . . ."
"Mae hi'n iawn arnat ti, Mur-
sen," meddai Rwdlan. "Dwyt
ti ddim yn gorfod golchi dillad.
Mi hoffwn i gael bod yn gath
heb ddillad i'w golchi."

Gwichiodd drws yr ogof yn swnllyd wrth i'r dewin bach drwg geisio sleifio'n ddistaw drwyddo i fynd allan i'r awyr iach.

"Brensiach, Mursen, edrych!" meddai Rwdlan mewn dychryn. "Mae'r dillad wedi blino aros cyhyd am gael eu golchi. Maen nhw wedi penderfynu cerdded i ffwrdd ohonynt eu hunain!"

"Helo! Pwy sy'n dod i chwarae?" meddai llais bach a sionc, a daeth pen y Dewin Dwl i'r golwg.
"Mae *rhai* ohonom yn Brysur," meddai Rwdlan yn flin.
"Ow," meddai'r Dewin Dwl.

"Mae'n rhaid i ti helpu os wyt am aros," meddai Rwdlan. Ond doedd y Dewin Dwl yn fawr o help. Rhoddodd y trochion sebon o amgylch ei wyneb. "Ho ho," meddai, "hen ŵr wedi tyfu barf ydw i!"
"Dyna syniad da!" meddai Rwdlan.

"Cnoc Cnoc."
"Pwy sydd 'na?" gofynnodd
Rala Rwdins.
"Dau hen ŵr o Wlad y Sebon,"
meddai'r ddau ddihiryn.
"Ffwrdd â chi!" meddai Rala
Rwdins yn ddiamynedd.

Aeth Rwdlan ymlaen â'i gwaith, ond cafodd y Dewin Dwl syniad arall. Dechreuodd bysgota sanau.
"Mae hyn yn well na golchi," meddai Rwdlan. Ond doedd Mursen ddim yn hoffi blas y pysgod rhyfedd yma!

21

"Hi hi, ho ho, ha ha!" Roedd yna firi mawr o flaen Ogof Tan Domen erbyn hyn, a dŵr yn tasgu dros y lle.
"Chi'ch dau!!" bloeddiodd Rala Rwdins. Roedd hi'n gandryll! "Ewch ymlaen â'r golchi, y cnafon bach!"

Syllodd Rala Rwdins yn flin ar
Rwdlan yn rhoi dillad ar y lein.
"Oes *rhaid* i mi eich gwylio chi
bob munud?" gofynnodd.
Teimlai Rwdlan yn wirion
braidd.

25

Ond er bod rhywun yn gwylio Rwdlan, doedd neb yn cadw llygad ar y Dewin Dwl.
"Hei, gwyliwch!" meddai gan weiddi dros y lle. "Dyma'r môr-leidr peryglus, y Dewin Dwl!"
Roedd y Dewin Dwl i mewn yn y twb golchi!

Doedd dim amdani ond rhoi'r
Dewin Dwl ar y lein i sychu.
'Mi ddyliai hyn ei gadw allan o
drwbwl,' meddyliodd Rwdlan.
Ond cyn pen dim, roedd y
Dewin Dwl yn gweiddi,
"Rwdlan, Rwdlan, rydw i wedi
cael syniad campus!"

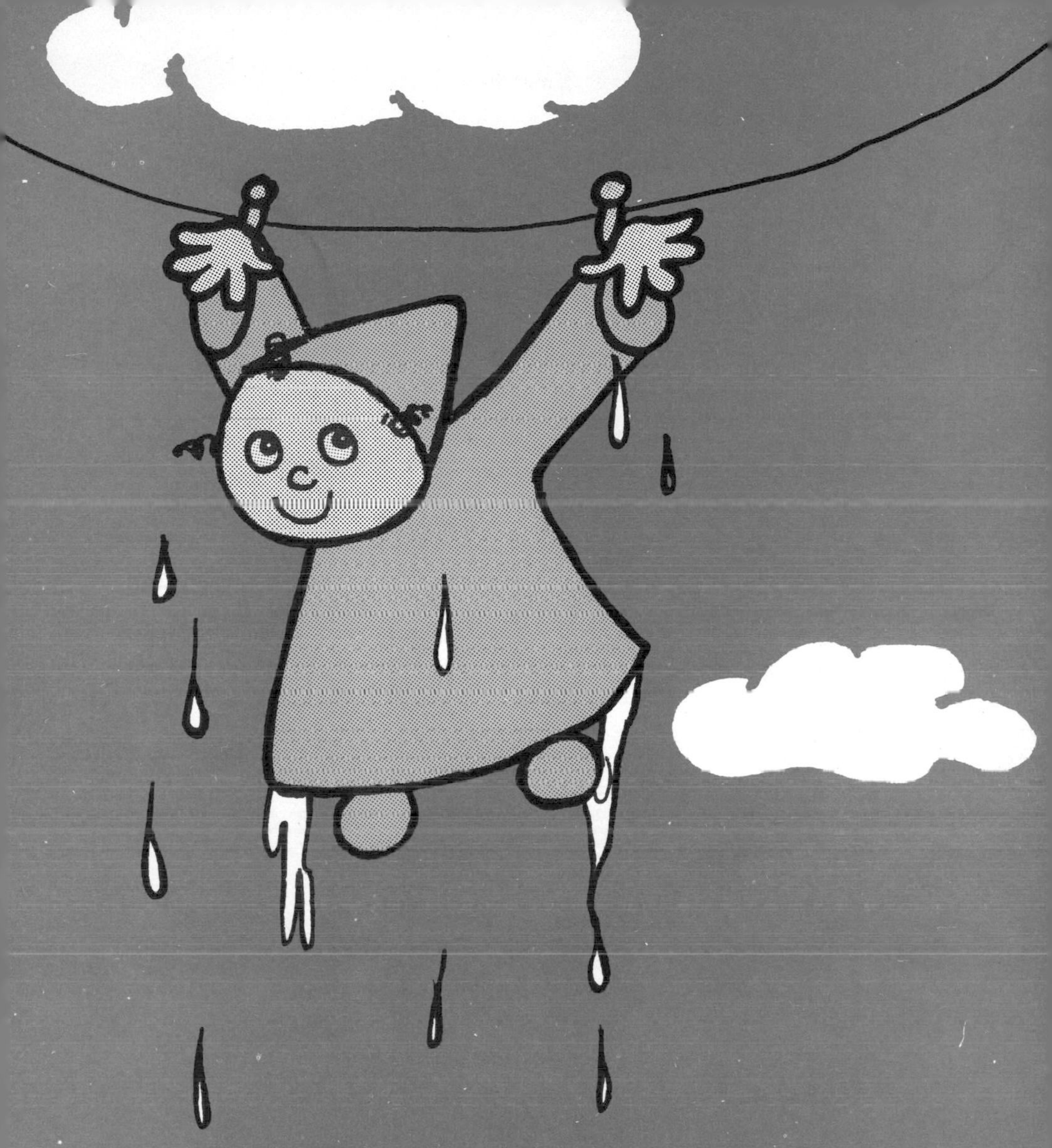

Sibrydodd ei syniad yng nghlust Rwdlan.

"Wyt ti'n siŵr nad ydi hwn yn syniad gwirion?" gofynnodd Rwdlan yn betrusgar.

"Na, na, na," meddai'r Dewin Dwl yn gynhyrfus, "mae o'n syniad bendigedig." Erbyn hyn, roedd Mursen hefyd eisiau chwarae.

"Dyma ni, gyfeillion, Syrcas Gwlad y Rwla!" meddai'r Dewin Dwl, wrth ei fodd. "Dewch i weld y Syrcas orau yn y byd!" Roedd Mursen yn brysur yn gwneud campau ar ben y twb golchi, ond roedd Rwdlan yn crynu gormod i ddweud dim.

Tu mewn i Ogof Tan Domen,
roedd Rala Rwdins wedi cael
hen ddigon. Roedd Rwdlan a'r
Dewin Dwl yn cambyhafio a
doedd dim gwaith wedi'i
wneud. Roedd Diwrnod Golchi
yn ddiwrnod diflas iawn.

Roedd y Dewin Dwl wedi bod yn ddistaw ers meityn. Aeth Rwdlan i chwilio amdano ymhobman. Clywodd sŵn gwichian yn dod o gyfeiriad y twb golchi, a dyna lle'r oedd y Dewin Dwl.

"DEWIN DWL!! Beth ar wyneb y ddaear wyt ti'n geisio'i wneud?"

"Rwy'n helpu, rwy'n golchi Mursen," atebodd y Dewin Dwl gan barhau i sgwrio.

"GOLCHI MURSEN?! Dydi Mursen ddim yn hoffi cael ei golchi, siŵr iawn! Pwy erioed glywodd am rywun yn golchi cath? Ffwrdd â thi, y gwalch bach drwg!" Doedd Rwdlan ddim wedi siarad mor gas gyda'r Dewin bach erioed o'r blaen. Cerddodd y Dewin Dwl i ffwrdd yn drist.

Ymhen tipyn, daeth y Dewin
Doeth heibio, yn edrych yn
bryderus.

"Rwdlan, wyt ti wedi gweld y
Dewin Dwl yn rhywle? Fedra i
ddim dod o hyd iddo yn un-
man."

"Naddo, a does arna i ddim
eisiau ei weld o, chwaith," ateb-
odd Rwdlan.

Erbyn hyn, roedd pawb yn
chwilio am y Dewin Dwl ym
mhob twll a chornel.

"Tybed a ddylen ni helpu i chwilio amdano, Mursen?" gofynnodd Rwdlan ymhen hir a hwyr.

Cerddodd Rwdlan a Mursen at y lein ddillad ac edrych i fyny ar y cynfasau'n siglo yn yr awel.

"Wyt ti'n meddwl yr un fath â fi, Mursen?" gofynnodd Rwdlan yn gynhyrfus.

Dringodd Rwdlan at y lein ddillad a gwrandawodd yn ofalus. Oedd, roedd yna sŵn chwyrnu'n dod o gyfeiriad un o'r cynfasau!

"Hwre! Dyma'r Dewin Dwl!" meddai Rwdlan yn hapus. "Deffra, deffra! Gawn ni fod yn ffrindiau eto?"

Deffrôdd y Dewin Dwl gyda naid. "Rwdlan," meddai, "dyma beth ydi lle da i chwarae triciau!"

"Dewin Dwl," meddai Rwdlan, "dwyt ti *byth* yn blino ar chwarae triciau?"

'Nac ydi,' meddyliodd Mursen, 'dydi o ddim!'

DOLIAU RWDLAN A'R DEWIN DWL

yn awr ar werth!
Lliwgar, diwenwyn, twt —
gwnaed yng Nghymru.
£1.95 yn unig yr un.

DOL GLWT * * *
Dewin Dwl
Gwnaed yng Nghymru
Y Lolfa

DOL GLWT
Rwdlan
Y Lolfa

STŴR 'R GENI

CARDIAU DOLIG RWDLAN
2 gynllun
£1.30 am becyn o 10, yn cynnwys amlenni.

Mwy o gardiau Dolig a chardiau Pen-blwydd i
ddilyn yn fuan—yn ogystal â chynhyrchion
eraill cyffrous.